VINDOBONA
VERLAG SEIT 1946

W0203220

Christa Kolb

Der kleine Gnom Samy

VINDOBONA
VERLAG SEIT 1946

Bibliografische Information
der Deutschen Nationalbibliothek:

Die Deutsche Nationalbibliothek
verzeichnet diese Publikation in
der Deutschen Nationalbibliografie.
Detaillierte bibliografische Daten
sind im Internet über
http://www.d-nb.de abrufbar.

www.vindobonaverlag.com

ISBN 978-3-902935-87-8
Lektorat: Caroline Siewert
Umschlag- und Innenabbildungen:
Susanne Erhart
Illustrationen: Susanne Erhart
Umschlaggestaltung, Layout & Satz:
Vindobona Verlag

Gedruckt in der Europäischen Union
auf umweltfreundlichem, chlor- und
säurefrei gebleichtem Papier.

Der kleine Gnom Samy aus dem Rheinwald

Es war die große Eiche mitten im Rheinwald. Sie war schon sehr alt, so dass sie am Stamm etwas ausgehöhlt war. Mit den Jahren fanden immer wieder Tiere eine Unterkunft in ihr. Jeder, der da wohnte, versuchte, die Höhle etwas zu vergrößern, um mehr Platz zu gewinnen. Nun lebte seit einiger Zeit niemand mehr in der Höhle und sie war verlassen und leer.

Von außen wucherte der Efeu am Stamm hoch. Der Eingang war schon zugewuchert, als Samy bei strömendem Regen einen Unterschlupf suchte.

Samy war schon sehr lange unterwegs. Ihm war kalt und er fror vor Nässe. Er war sehr erschöpft, als er plötzlich dieses kleine Loch im Baumstamm entdeckte. Ohne zu zögern, machte er sich daran, durch das kleine Loch zu kriechen, um in die Höhle zu gelangen. Er war sehr froh, im Trockenen zu sein. Zu seiner Verwunderung fand er eine völlig eingerichtete Wohnung. Sein erster Blick ging doch gleich auf die Feuerstelle, wo auch noch etwas Holz lag. Ein schönes kleines Bett, ein Tisch und zwei Stühle.

Samy machte sich daran, ein Feuer zu entfachen, so dass es ihm bald warm wurde. Er zog seine nassen Kleider aus, hängte diese auf den Stuhl und stellte den Stuhl ganz in die Nähe der Feuerstelle, um die Kleider zu trocknen. Nun legte er sich in das Bettchen und schlief vor Erschöpfung gleich ein. Samy schlief sehr, sehr lange, er war ja so erschöpft von der langen Reise.

Samy war ein kleiner Gnom, der eigentlich selten auf seine Eltern hörte und immer alles besser wusste. So geschah es, dass er nach einem Ausflug mit seinen Eltern und seinen drei Brüdern, Fred, Franz und Anton, sich von ihnen entfernte und sein eigenes Ding machen wollte. Plötzlich hatte er sie aus den Augen verloren und fand den Weg nach Hause nicht mehr. So geschah es, dass Samy in dem großen Rheinwald umherlief und seine Familie nicht mehr fand. Zum Glück aber fand er den Eingang der Baumhöhle.

Samy hatte jetzt schon sehr lange geschlafen, als plötzlich laute Geräusche in seine Höhle drangen. Es waren Kinder, die da spielten und sich auch stritten. Samy dachte sofort: „Oh Gott, was habe ich getan! Es ist wie bei mir gestern!" Da war ein Kind genau wie er und gehorchte nicht dem, was seine Eltern und Geschwister sagten. Das Kind wollte mit seinen Geschwistern nicht spielen, es wollte einfach sein eigenes Ding machen, so dass sich das Kind immer weiter von seiner Familie entfernte. Samy war sich der ganzen Situation bewusst und wollte unbedingt dem Kind helfen. Aber wie? Menschen durften den kleinen Gnom ja nicht sehen. Also schlich sich Samy ganz langsam aus der Höhle und beobachtete zunächst einmal, was das Kind machte. Da Gnome recht gute Ohren haben, hörte Samy ganz in der Ferne, wie die Eltern und auch die Geschwister das Kind riefen und suchten. Samy überlegte ganz kurz, wie er helfen könnte. Da das Kind trotz seiner Angst neugierig war, erregte Samy mit Geräuschen von Ästen sowie mit trockenen Blättern seine Aufmerksamkeit. Dabei musste er auch unbedingt aufpassen, dass er nicht entdeckt wurde. Das Kind war aber so neugierig, dass es immer wieder dem Knistern und Rascheln folgte. Letztendlich fand das Kind dank Samys List seine Familie wieder. Samy sah, wie das Kind vor lauter Freude weinte.

Endlich hatte es seine Familie wieder gefunden. Samy war glücklich, aber auch traurig, denn er hatte ja seine Familie noch nicht gefunden, die ganz bestimmt auch nach ihm suchte.

Samy findet Freunde

Samy hatte es sich in seiner Baumhöhle schon so richtig gemütlich gemacht. Doch plötzlich bemerkte er, dass er kaum noch etwas zu essen hatte. Also beschloss er, sich auf die Suche zu machen und nach etwas Essbarem Ausschau zu halten. Er schnappte seinen Rucksack und machte sich auf die Suche. Da war eine große Brombeerhecke mit vielen reifen Brombeeren dran. Samy genoss es, er pflückte eine nach der anderen, steckte diese in den Mund und erfreute sich an dem köstlichen Geschmack. Nach einiger Zeit war nun auch sein Hunger gestillt. Er holte eine Dose aus dem Rucksack und füllte diese mit Beeren voll. Nun führte sein Weg an eine kleine Lichtung, wo viele leckere Pilze standen.

Auch fand er auf seinem Weg viele Kräuter und Nüsse. Er kam nun an einem Feld vorbei, auf dem noch einige Kartoffeln lagen. Er packte den Rucksack voll und machte sich auf den Heimweg zu seiner Höhle. Es fiel ihm schwer, wieder in den Wald zu seiner Baumhöhle zu gehen, wo er doch ganz alleine war. Aber es

nutzte ja nichts, er musste ja noch bis zum Abend alle gesammelten Lebensmittel versorgen. An einer Quelle im Wald wusch er seine Kräuter und Pilze, füllte noch seine Trinkflasche mit dem kühlen Quellwasser voll. Dann ging er langsam aber glücklich in sein neues Zuhause.

Die Kräuter hängte er sorgsam auf, ebenso die Pilze, so dass diese trocknen konnten. Die Beeren kochte er, damit diese länger halten würden. Nach der getanen Arbeit kochte sich Samy noch einen Tee, setzte sich vor die Höhle und genoss die warme Abendsonne. Plötzlich kam ihm die Idee: „Wenn ich hier sitze und es sieht mich jemand, das geht nicht." So überlegte Samy sich einen Plan. „Ich baue hier vor meiner Höhle eine schöne Terrasse. Sie muss so sein, dass ich alles sehen kann, aber man mich von außen nicht sieht."

Er saß, bis es dunkel wurde, und machte Pläne.

Am nächsten Morgen nach dem Frühstück ging Samy in den Wald, nahm Hacke und Schaufel mit und grub überall Hecken und Sträucher aus. Er brachte sie dann zur Höhle. Er ging wieder in den Wald, um nochmals neue Hecken zu holen. So ging es den ganzen Tag. Am Abend war Samy so müde von der harten Arbeit, dass er ohne Essen sofort einschlief.

Am nächsten Morgen ging er gleich wieder an die Arbeit. Er pflanzte nun seine Hecken und Sträucher so, dass man die Terrasse im Inneren nicht sehen konnte. Vor lauter Arbeit hatte Samy total vergessen, vorsichtig zu sein und dass man beobachten könnte, was er denn da macht. Es waren die beiden Freunde, das Rehkitz und der Hase Fridolin. Da diese auch Angst hatten, entdeckt zu werden, beobachteten sie das Ganze von der Ferne aus. Samy machte es sich mittlerweile sehr gemütlich auf seiner Terrasse, genoss die Sonne und schaute, was so alles im Wald geschah.

Er hatte jetzt auch das neugierige Rehkitz und den Hasen Fridolin entdeckt. Samy legte immer wieder kleine Leckerbissen für die beiden aus. Immer wenn sie dachten, es sieht keiner, kamen sie, um diese zu verspeisen. Mit der Zeit vertrauten sie dem Gnom, sie warteten förmlich darauf, dass Samy ihnen etwas gab. Samy blieb lange Zeit auf Abstand, dann beschloss er, die beiden von der Ferne anzusprechen. Samy erzählte ihnen seine Geschichte und sie wurden dicke Freunde.

SAMY

Ausflug mit den Freunden

Samy war jetzt schon eine ganze Zeit von zu Hause fort und er vermisste seine Familie, besonders seine Mama. Was machte seine Mama doch alles für ihn! Jetzt musste er alles ganz alleine machen. Wenn er am Morgen aufstand, fand er keinen gedeckten Tisch mit leckerem Essen, nein, er musste erst einmal Holz holen, um Feuer zu machen, damit er sich etwas kochen konnte. Danach musste er aufräumen. Wie oft hatte seine Mutter geschimpft, weil er alles herumliegen ließ. Und wie er jetzt froh wäre, wenn sie mit ihm schimpfen würde. Er gäbe alles, wenn seine Mutter da wäre und ein leckeres Frühstück machen würde. Auch darum, ob genügend Essen im Haus war, hatte sich Samy nie gekümmert. Seine Vorräte waren jetzt fast aufgebraucht, also hatte sich Samy mit seinen Freunden verabredet, um die Vorräte aufzufüllen.

Pünktlich waren sie ja, seine Freunde, das Rehkitz und der Hase Fridolin. Heute wollten sie mal in Richtung des Hügels gehen, um zu schauen, ob sie leckere Beeren und Kräuter und Nüsse fänden. Voller Freude auf einen gemeinsamen Morgen brachen die Freunde auf. Samy gab gut auf seine Freunde acht, dass sie immer nahe beieinander waren. Sie lachten viel und machten Scherze. Plötzlich wurden sie durch laute Geräusche, Schreie, Sägen und Hämmern aus ihrer Sorglosigkeit gerissen. Blitzschnell reagierte Samy, schnappte die Freunde, legte sich mit ihnen auf den Boden und beobachtete erst einmal alles.

Zu allen Seiten schaute er, wo der ganze Krach herkomme. Sie mussten ganz leise sein, es durfte sie ja keiner entdecken. Fridolin schlug vor, näher an das Geschehen zu gehen, da er ja klein und sehr schnell war. Aber Samy verbat es ihm, weil es viel zu gefährlich war, man wusste ja nicht, was da los war. Samy hatte es ihm gerade verboten, als Fridolin schon einen langen Sprung nahm und davonhoppelte. Das Rehkitz und Samy waren ganz starr vor Schreck, sie konnten sich kurze Zeit nicht bewegen, sie brachten kein Wort heraus. Als der erste Schreck vorbei war, schauten sie in die Richtung, in die Fridolin verschwunden war, sie konnten aber nichts sehen.

So begann ein langes Warten und Bangen, was jetzt mit Fridolin sei. Sie konnten ihm ja nicht folgen, sie wussten ja nicht, wo sie ihn suchen sollten. Also war es besser, hier zu bleiben und auf ihn zu warten. Es verging eine ganze Zeit voller Sorgen, als ihnen plötzlich von hinten jemand auf die Schulter klopfte und ganz leise sagte: „Hier bin ich wieder." Samy wollte mit ihm schimpfen, aber er war so froh, dass Fridolin gesund zurückkam. Nachdem sich nun alles wieder beruhigt hatte, erzählte Fridolin, was er beobachtet hatte. Er sagte: „Da waren ganz viele Männer im Wald, sie schlugen zuerst eine Kerbe in den Baum, dann setzten sie auf der anderen Seite des Baumes die Säge an und fällten einen Baum nach dem anderen. Dann kamen andere Männer und schlugen die Äste ab. Danach kamen Männer mit Pferden. Die Männer banden Seile an den Baumstämmen fest, danach wurden die Seile bei den Pferden festgemacht. Die Pferde brachten dann die Bäume aus dem Wald." Plötzlich fing das Rehkitz an zu weinen und wollte so schnell wie möglich nach Hause.

Es war ganz verstört und zitterte am ganzen Körper. Samy nahm das Rehkitz in den Arm, streichelte es ganz sanft und tröstete es. Nachdem sich das Kitz etwas beruhigt hatte, fing es an, mit Fridolin zu schimpfen. „Weißt du eigentlich, welche Sorgen wir uns gemacht haben? Bedenke doch einmal, wenn etwas gewesen wäre, Samy hat doch unseren Eltern versprechen müssen, dass er uns gesund und munter wieder nach Hause bringt." Fridolin war ganz entsetzt, bekam ganz weiche Knie. Er versprach, dass er das nie wieder tun und in Zukunft immer bei ihnen in Sichtnähe bleiben würde. Für heute hatten die drei genug erlebt und machten sich auf den Heimweg.

Samy und das Findelkind

Samy hatte sehr lange geschlafen, da er heute nichts Besonderes vor hatte. Er wollte einfach mal einen Tag genießen, ohne etwas zu tun. So genoss er ein langes Frühstück, nahm anschließend seinen Tee mit auf seine schöne Terrasse und genoss die Sonnenstrahlen, die zwischen seiner Bepflanzung durchkamen.

Er schaute durch die Sträucher und beobachtete das Geschehen um sich herum. Es war ein wunderschönes Treiben da draußen im Wald. Die Vögel zwitscherten und sangen, sie flogen von Ast zu Ast und von Baum zu Baum. Viele Insekten arbeiteten sehr emsig, sie holten Baumaterial und Essen, die anderen flogen von Blüte zu Blüte. Die Würmer lockerten den Boden auf und jeder hatte auf seine Art etwas zu arbeiten. Ab und zu huschten ganz schnell verängstigte Mäuse an ihm vorbei. Sie hatten es immer sehr eilig. So vergingen einige Stunden und Samy hatte gar nicht bemerkt, wie doch die Zeit auch ohne Arbeit verging.

Samy hatte so langsam wieder Hunger bekommen. Er überlegte sich, was er essen mochte! „Möchte ich die leckeren Beeren, die ich gestern gesammelt habe, oder lieber eine Kräutersuppe?" Samy entschied sich für eine gesunde, leckere Kräutersuppe. Er stand auf und wollte gerade in seine Höhle zum Kochen gehen, als plötzlich aus heiterem Himmel etwas aus dem Baum fiel, direkt in Samys Hand. Samy war sehr verwundert, als er seine Hand betrachtete. Ein kleines Eichhornbaby, das aus seinem Nest gefallen war. Auch das Eichhornbaby war sehr erschrocken, es dachte, jetzt wäre alles aus gewesen, wenn es auf den harten Waldboden gefallen wäre. Es hatte nicht damit gerechnet, dass genau in dem Moment unten am Baum jemand stand. Samy versuchte gleich, tröstende Worte für das Eichhörnchen zu finden, das da ganz verstört in seiner Hand lag. „Mein Kleiner, was ist mit dir geschehen, warum bist da aus deinem Nest gefallen?" Das Eichhörnchen fing gleich an zu weinen vor lauter Angst. Das Eichhörnchen hatte noch nie eine andere Kreatur gesehen und fürchtete sich zuerst. Samy hatte eine sehr sanfte Stimme und beruhigte das Eichhörnchen. Als es schon zutraulich wurde, fing es an, zu erzählen, was geschehen war.

Es erzählte, dass seine Eltern schon ganz lange fort waren, sie hatten sich auf den Weg gemacht, um Eicheln und Nüsse zu sammeln, da sie ja immer Vorräte für den Winter brauchten. Die Eichhorneltern hatten dem Eichhornbaby verboten, aus dem Nest zu gehen, da für kleine Babys die Gefahr im Wald sehr groß war. Das Eichhornbaby meinte dann: „Aber mir war so langweilig in meinem Nest und Hunger habe ich auch noch." Da musste Samy ganz laut lachen, er konnte sich so richtig in das Eichhörnchen versetzen.

Samy setzte das Eichhörnchen auf seine Bank und holte ihm ein paar Nüsse. Samy versprach dem Eichhörnchen, es dürfe solange bei ihm bleiben, bis seine Eltern zurückkämen. Die beiden erzählten sich viel, sie lachten und sangen. Es bildete sich eine richtige Freundschaft.

Als sie so am Erzählen waren, sah Samy in der Ferne zwei Eichhörnchen mit schwer beladenen Taschen auf sie zukommen. Jetzt hieß es, ganz vorsichtig an die Sache heran zu gehen, die Eltern sollten sich ja nicht erschrecken und auch keine Angst bekommen. Samy nahm das kleine Eichhörnchen auf seine Schultern, so dass die Eltern es von weitem sehen konnten. Mit winkenden Armen und Rufen wurden die Eltern schon bald aufmerksam. Aber was hatte das zu bedeuten? Etwas scheu kamen sie immer näher und betrachteten Samy von oben nach unten, worauf Samy mit seiner weichen Stimme alles erklären konnte. Sie unterhielten sich noch lange auf Samys Terrasse und es wurde eine gute Nachbarschaft.

Samy plant ein großes Fest

Nachdem Samy jetzt schon einige Zeit hier im Wald in seiner Höhle ein zuhause gefunden hatte und auch schon recht viele Freunde gefunden hatte, auch die Eltern der Freunde kannte er recht gut, hatte er beschlossen, ein großes Sommerfest abzuhalten. Natürlich fragte er auch seine Freunde, was sie dazu meinten.

Er ging zu Fridolin dem Hasen, zum Rehkitz und zum Eichhörnchen und fragte, was sie von seinem Plan hielten. Natürlich waren sie ganz begeistert und boten ihre Hilfe an. Zuerst bekamen alle den Auftrag, ihre Eltern zu fragen, ob sie bereit waren, auch zu kommen. Sie gingen nach Hause, um über das Ereignis zu berichten. Alle Elternteile freuten sich sehr über die Einladung, denn auch sie hatten Samy ins Herz geschlossen. Auch die Eltern hatten ihre Pläne, wie sie Samy helfen mochten. Sie erzählten ihren Kindern, dass, wenn sie heute Abend schliefen, sich alle Eltern treffen und über die Hilfe beim Fest sprechen würden, also bräuchten sie sich nicht zu sorgen. Wenn etwas sei, seien sie ganz in ihrer Nähe, sie brauchten dann nur zu rufen. Sie sagten den Kindern, es solle ein ganz besonderes Fest werden. Alle Kinder waren sofort begeistert.

Am Abend gingen alle Kinder recht früh schlafen, sie waren auch sehr gehorsam, denn sie wussten ja, dass es um ihr Fest ging.

Die Haseneltern, die Rehkitzeltern und auch die Eichhörncheneltern trafen sich an diesem Abend, jeder in der Runde sprach nur Gutes über Samy, vor allem, weil er seine Familie vermisste.

Eigentlich wollten sie sich schon öfter treffen, um Samy zu helfen, dass er seine Eltern wiederfand. Aber wie so oft hatte es sich nicht ergeben. Jetzt wollten sie das Fest zum Anlass nehmen, um Samy zu helfen. Sie arbeiteten die ganze Nacht an einem geheimen Plan. So gingen sie glücklich nach Hause, jede Familie hatte ihren Auftrag, vor allem durften die Kinder nichts von ihren Plänen wissen. Denn sonst wären sie sofort zu Samy gelaufen und hätten alles verraten, aus lauter Freude.

Die Waldkinder waren am nächsten Morgen schon gespannt, was sich die Eltern so ausgedacht hatten, aber sie sagten nur: „Überraschung." Man übertrug ihnen jeden Tag kleine Aufgaben, damit sie abgelenkt waren. Auch Samy war fleißig, alles zu organisieren.

Es war nun die Aufgabe der Väter, im ganzen Wald jeden zu fragen, ob sie etwas gehört oder gesehen hätten. Ob jemand zufällig die Eltern des kleinen Samys kannte und man wüsste, wo diese wohnten. Die Mütter der Kleinen lenkten die Kinder geschickt ab, so dass keiner etwas mitbekam. Eines Tages kam Fridolins Papa und erzählte, dass er jemanden getroffen habe, der damals die Familie sah, auch wusste er, wo die Familie jetzt wohnte.

Am nächsten Morgen zogen die Väter dann los, um die Eltern von Samy aufzusuchen. Sie hatten einen langen Weg vor sich. Von der Ferne aus sahen sie die Familie, Samys Eltern saßen auf einer Bank, der Vater hatte den Arm um seine Frau gelegt, die drei Brüder tollten herum. Nun überlegten sie, wie sie vorgehen sollten, denn sie wollten Samys Familie nicht erschrecken. Das Eichhörnchen ging von Baum zu Baum und schaute von oben auf Samys Eltern herab, nach einer Weile rief es hinunter: „Hallo, ich bin hier oben, kann ich mit euch sprechen? Es geht um Samy." Völlig überrascht und nervös sagten sie ja. Darauf das Eichhörnchen: „Ich bin aber nicht alleine, ich habe meine Freunde dabei, dürfen die auch kommen? Sie sind dahinten im Wald." Samys Eltern waren sehr ängstlich bei gleich drei Fremden, waren das Feinde oder wirklich jemand, der Samy gesehen hatte? Aber die Neugier war stärker als die Angst und so stimmten sie zu.

Die drei Väter stellten sich vor, erzählten von Samy und was er vorhatte. Samys Eltern waren so froh, dass es ihrem Jungen so gut ging. Vor allem aber, dass er so selbständig geworden war. Nun besprachen sie, wie sie vorgehen sollten, damit die Überraschung gelingen würde. Da es schon spät war, schlugen sie ein Nachtlager auf. Dann machten sie sich am nächsten Morgen sehr früh auf, um den Heimweg anzutreten. Den ganzen Heimweg freuten sie sie sich, Samys Eltern gefunden zu haben und dass diese zum Sommerfest kommen würden.

Ein paar Tage später war es nun soweit, die große Party sollte am Abend losgehen. Samy und seine Freunde hatten den ganzen Tag den Platz sauber gemacht und toll mit Blumen und Lampions dekoriert. Sie hatten schöne Lagerplätze für jede Familie gemacht, auch einen für Samy, da wurde er wieder traurig, weil er alleine war. Aber seine Freunde trösteten ihn. „Ach Samy, wir sitzen doch nicht auf unseren Plätzen herum, wir wollen spielen und fröhlich sein." Nun holten sie aus der Höhle eine

S

Menge Speisen und Getränke, die Samy die ganze Woche zusammengetragen hatte. Es wurde auch schon dunkel, als alle Freunde und die Eltern eintrafen. Die Eltern sprachen den Vieren ein großes Lob aus, was sie da alles gemacht hatten, es war wunderschön und sehr gemütlich. Sie saßen alle im Kreis, aßen und tranken, erzählten und lachten, als plötzlich von ganz in der Ferne fünf kleine Lichter zu sehen waren.

Samy und seine Freunde waren sehr ängstlich, denn um diese Zeit kam doch niemand mehr hier in den Wald. Samy sagte: „Leute, wir müssen uns verstecken, wer weiß was das ist." Aber der Hasenpapa meinte ganz cool: „Ach Kinder, keine Angst, wer weiß, was das für Lichter sind und dann können wir euch ja beschützen, habt keine Angst."

Die Lichter kamen immer näher, die vier versteckten sich hinter dem Baum. Da plötzlich hörten sie Lieder aus der Richtung, in der die Lichter zu sehen waren. Sie zitterten am ganzen Körper. Als Samy die Lieder hörte, kamen sie ihm recht bekannt vor. „Diese Lieder haben wir immer zu Hause mit der Familie gesungen, die kennt doch sonst keiner!" Samy bekam ganz weiche Knie und schaute immer wieder hinter dem Baum hervor. Das konnte doch

nicht sein, keiner wusste, wo er war. Immer wieder schaute er hinter dem Baum vor, die Lichter kamen immer näher, man sah schon kleine Schatten hinter ihnen. Alle waren so ruhig, dass man jeden Schritt hören konnte. Plötzlich erkannte Samy seinen Bruder Fred an seiner Gangart. Samy lief ganz nervös herum: „Das kann doch nicht sein, das ist Fred, mein Bruder, aber wie weiß der, wo ich bin?" Als die Lichter ganz nahe waren, erkannte er auch Anton und Franz, gefolgt von seinen Eltern. Er lief so schnell er konnte auf seine Familie zu und konnte es gar nicht glauben, dass sie ihn gefunden hatten. Die Überraschung war groß. Samy fiel seinen Eltern in die Arme und alle waren froh.

Als nun die erste Aufregung vorüber war, erzählte man sich die ganze Geschichte. Samy bedankte sich sehr bei den Eltern der Freunde, dass sie das für ihn getan hatten. Sie feierten die ganze Nacht das Wiedersehen.

Samys Heimreise

Das schöne Sommerfest ging zu Ende und in der Luft lag schon irgendwie eine Aufbruchsstimmung. Jeder hatte etwas zu tun, denn der Platz sollte wieder sehr aufgeräumt sein, bevor man ihn verließ.

Am Nachmittag saß man auf Samys Terrasse, man hatte ja noch so viel zu bereden. Bliebe Samy hier wohnen oder ginge er für immer nach Hause zu seiner Familie? Da Samy sich nicht entscheiden konnte und sehr verzweifelt war, wollte er gerne mit jedem einzelnen seiner Familie sprechen um heraus zu finden, was jeder denkt.

Zuerst sprach er mit seinem Vater: „Mein Sohn, ich habe dich sehr vermisst und hatte keine Hoffnung mehr, dich jemals wiederzusehen. Wir haben Tage und Wochen getrauert, es war eine schwere Zeit, einen geliebten Gnom zu verlieren."

„Wir wussten ja nicht, wo du bist. Ob es dir gut geht oder gar etwas Schreckliches geschehen ist. Aber jetzt, mein Sohn, bin ich der stolzeste Vater auf der ganzen Welt. Du bist sehr erwachsen geworden. Du hast dich zu einem wundervollen Gnom entwickelt und bist so selbständig geworden. Drum gebe ich dir nun meinen Segen, wenn du weiter hier bleiben willst. Ich verspreche dir auch, dass wir einmal im Monat zu Besuch kommen, es ist deine Entscheidung." Sie umarmten sich innig und jeder hatte den anderen verstanden.

Nun war Samys Mutter an der Reihe, sie fing gleich an zu weinen. „Ach Samy, wie habe ich dich vermisst, du bist noch klein. Du kannst doch nicht alleine hier bleiben. Wer kümmert sich dann um alles und gibt auf dich acht?" Samy stellte seine Ohren auf Durchzug, er konnte nicht weiter zuhören. Er dachte nur: „Ich habe doch bis jetzt alles sehr gut gemeistert und warum waren die anderen so begeistert, wie ich so alles gemacht habe?" Ab und zu sagte er nur: „Ja, ja" zu seiner Mama, bis sie aufhörte, zu reden.

Jetzt war Anton an der Reihe, der sagte aber: „Ich spreche nicht alleine mit Samy, zu dritt sind wir stärker und haben bessere Argumente." Also kamen Franz und Fred auch mit. Sie wollten gleich loslegen, um Samy zu überzeugen, dass er wieder mit nach Hause kommen sollte. Da stoppte Samy gleich ihre Argumente. „Meine Brüder, ich weiß, wir haben uns alle vier über das Wiedersehen gefreut, ich weiß auch, ihr habt mich vermisst, das ist ganz normal. Aber gleichzeitig muss ich auch sagen, wie oft haben wir gestritten und uns gegenseitig das Leben schwer gemacht." Anton, Franz und Fred schauten nur auf den Boden „„Du hast ja recht, aber was jetzt?" Samy antwortete: „Es steht für mich jetzt fest."

Sie gingen alle zurück zu den anderen. Samy stellte sich in die Mitte des Platzes und sprach: „Die Entscheidung ist gefallen!" Ganz aufgeregt meinten seine Freunde: „Und wir dürfen gar nicht mitreden? Das finden wir nicht fair." Wisst ihr, ich nehme das Angebot meines Vaters an." Plötzlich war es ganz still. Alle murmelten: „Was für ein Angebot?" Samy erklärte, dass er hierbleiben wird. Aber seine Familie werde ihn und seine Freunde einmal im Monat besuchen kommen. Natürlich kann Samy mit seinen Freunden auch zu jeder Zeit seine Familie besuchen. Alle waren über die Entscheidung glücklich und sie feierten noch bis spät in die Nacht hinein.

Die Autorin

Christa Kolb, geboren 1951, hat jung geheiratet, zwei Kinder zur Welt gebracht und das eigene Haus gebaut. Seitdem haben sie und ihr Mann unermüdlich für die Familie gearbeitet. Mit 39 Jahren konnte die gelernte Restaurantkauffrau ihr eigenes Restaurant eröffnen. Heute, nach über 55 Jahren Ehe, lebt sie weiterhin mit ihrem Mann in Baden-Württemberg, nun allerdings im Ruhestand. Ihre Freizeit widmet sie besonders gern dem Kochen, Nähen und Basteln. „Der Kleine Gnom Samy" ist ihr erstes Buch.

Der Verlag

VINDOBONA
VERLAG SEIT 1946

ein Verlag mit Geschichte

Bereits seit 1946 steht der Vindobona Verlag im Dienst seiner Bücher und Autoren. Ursprünglich im Bereich periodisch erscheinender Journale tätig, präsentiert sich der Verlag heute als kompetenter Partner für Neuautoren am deutschen, österreichischen und schweizerischen Buchmarkt. Engagement, Verlässlichkeit und Sachverstand – das sind die Grundpfeiler, auf denen der Verlag seit jeher sicher steht.

Sie möchten mit Ihrem Werk das vielseitige Verlagsprogramm bereichern? Der Vindobona Verlag garantiert Ihnen eine professionelle Prüfung Ihres Manuskriptes durch das Lektorat sowie eine zeitnahe Rückmeldung.

Genauere Informationen zum Verlag
finden Sie im Internet unter:

www.vindobonaverlag.com